詩集

黒曜の瞳

酒井力

コールサック社

黒曜の瞳

目次

Ⅰ章　黒曜の瞳

Ⅱ章　遠くの空――縄文神社

Ⅲ章　白い花

Ⅳ章　希望の光

詩集

黒曜の瞳

酒井　力

Ⅰ章　黒曜の瞳

小さな村

思いはいつもかえっていった
山深く眠る村里へ

古い墓も風化した
人の住まない山里に

春は
木々の芽や山菜　花々が
ほこほこ　陽だまりに群れ

夏は
日陰に浸み出る冷水に
寂《しず》かな地中の声を聴き

秋は
夕陽に羽を光らせて翔《と》ぶ
アキアカネ

冬には
すっぽり　雪に閉ざされ
何がどうあるのか判らない

夢はいつも
そこで生まれ
そこから旅立っていく

原始の時代を
さかのぼり
やがて
源流から問いかけてくる

現代という名の墓場に
捨てることの意味を糺《ただ》すため

夢は
山深く眠る村里の
ひとこまを光らせる

未来につなぐ
かすかな希望に向けて

思いはいつもかえっていった
今は何もない山里の
小さな村へ

黒曜の瞳

アスファルト道路が途絶え
草むらに隠れ
ところどころ見えないが
その道はたしかに続いている

現代へとつないできた
思いと願い
原始に生きた人たちの影は
草いきれになって

かすかにみちてくる

何がそうさせているのか
いま
どうしてこうなっているのか

創造した人工物の世界と
すさまじい雑踏の波を
気にもせず
これが
人の生き方だ
あるべき理想の社会だ
と定義づけてしまったように

日一日と肥大し

巨大化する
奇妙な怪物の足音が
きみには聴こえているだろうか

黒曜石の断層をくぐって
草むらから湧きでる
いのちの水

その瞳は
冷たく私の喉を潤し

一万年とも一万二千年ともいう
時代の似姿となって
いまも確かに
生きつづけている

タイムスリップ

まばたきの瞬間に
あおい　あおい
その海のむこうで何かがはじけた

不吉な前兆か
カチッと鋭い衝撃が世界をはしる

時間の矢はまっすぐと飛翔し
さきに的中した

過去という名の矢筈《はず》の中心を射抜いていた

はたしてその夜
中東の戦場では
また大勢の人々の「いのち」が散華《さんげ》した

ある日試掘を手伝い掘っていると
まばたきの瞬間
手元から何かが落ちた
ほろりと足元に転がり出る
「石斧」のひとつ

いきなり眠りから覚めて
それは掌《てのひら》に乗り
だまって息をしている

地表から四、五十センチ下の地層に
今から四千年前に息づいていた
縄文人たちの
とおい　あおく澄んだ原始の瞳が
現在という今をみつめる

みずいろの宙《そら》

やがてひとりになったとき
あなたは
思い浮かべるだろうか

ほそい意識の糸をゆらせて
かすかに透けてくる光のうずのことを

そして　そこに
しばらくとどまったまま

源へとさかのぼる
川のながれをききながら
つぶやくだろうか

あなただってまわりながら
自由気ままに
動いていたんだよね
かっこいい宇宙飛行士のように
ときには窮屈に感じながら

わたしは　いつ
どうやって産声を
外に向かって発したのだろう

いつ　わたしは
わたしという心のなかに
生み落とされ
考えることを知ったのだろう

つよい絆であなたとむすぶ
母さんというまろやかな宮殿

どんなときにも
けんめいに
あなたを守り育てて生きた
母さんも
またあなたのように
お祖母さんのお腹のなかで

お祖母さんは
そのまた母さんのいのちに守られ
あなたへと流れる
静謐の脈絡を紡いできた

二つとない
みずいろの宙から

花

おまえ、という心も体も
「いま」という現在の光

遥か億年の涯《はて》からつながってきている
ひとつの命

幾重にもうねりそそぐ
河の流れの源をたどれば

おまえは
おまえだけのものではない
おまえをいまに生かそうとする
先人たちのあつい眼差しがみえる

ああ、というさやぎも
何気ないしぐさや目くばせさえ
「いま」という時間の
先端に生きるちいさな花だ
おまえは

おまえだけで咲いているのではない

花影からみえる
山脈《やまなみ》の稜線をきわだたせ

おまえを拓《ひら》く
大いなる力がはたらいている
不確かで一寸先も見通せない
時代の暗部を照らして

岩

空にむかって
そそりたつ岩がある
億年の歴史を秘め
空のはてをみつめているようだ

雨がとおりすぎ
やがて頭上をゆっくりと
渡っていく時間に

肌はにぶく照り返し
かすかに孤影をとどめはするが
何ひとつ
まわりでは起きなかった
——ときおり訪れる山の訪問者をのぞいては

人里からへだたって
身を隠すように押し黙ったまま
巨体は
悠然とそこに息づいていた

いまは寂《しず》かさという
生き方に身をゆだね
心音をとぎすませ
——彼は待ちつづけるのだ

はるか宇宙の果てから
飛来した隕石の
つい昨日のことのように
鮮明なその記憶のふちを破って

やがて空からおとずれる
巨大な光が
共鳴し
新たにみずからを再生する
その瞬間《とき》を

積乱雲（一）

雲にも一瞬の貌《かお》があって
少年の頃の自分に
表情が映し出されるなら

つい　せんだって
絵本に描かれた
一ページのかがやき
として
時間《とき》が綴ったものなのだろう

雲にはたえず移り変わるかお
があって
消えては生まれ
生まれては　消え

かつて
極貧の時代のきれはしを
味わった少年

夏休みがくると
近くの河原に
仲間たちと出かけ
自由気ままに遊ぶ毎日だった

少年は　どれほど
胸をはずませ
明日への思いを抱いたことだろう

積乱雲の
ふところふかく
くっきりとひろがる中空の青に
いまも
少年の自分が生かされている

積乱雲（二）

子どもたちの楽しみは
近くの河原を流れる水であり
水をせき止め
いかにすばやく魚をつかめるか
標的の空瓶めがけ
石を投げて
つよく正確に命中させるか
ときには灌木の茎から
笛をつくって鳴らし

弓矢をつくって飛ばし
たがいに競い合うことから
悔しさもうまれ
次の日がまためぐり
年上や年下も
みんな兄弟のように親しかったりしたが
自分の意見が通らなかったりすると
大喧嘩をし　いつだったか
石を投げ合った時の疵《きず》が
勲章になってかすかに残っている

泳ぎを知らない自分は
周りにいた仲間が
蛇籠*の上から飛び降りろ
と手をたたいてはやし立てるので

はるかに背丈をこえる深い渕に飛び込んだ
はじめてのことで
水中をもがけばもがくほど
自分の体は沈み
…………
一瞬咳き込んで水が吐かれ
ふうっと息が出て
あの時　ヒロちゃんに助けられたいのちを
いまも生きている

ぼんやりした意識の底で見つめた
まぶしい積乱雲
――ヒロちゃんはもういない

＊蛇籠とは、竹材や鉄線で編んだ籠に石を詰め込んだもので、河川の護岸に使用されてきた。

八月の空

蒼天をよぎって
白い航跡は
芋虫みたいにふくらみ
いま　わたしは
朝をむかえる

時空をこえ
くっきりとそびえる雪嶺は
無言のまま文明の

はかない幻をみつめているようだ
湖のふかい底に寂もるあたりから
ほんの一瞬
刻のつばさにのせて
いままで耳にしたことのない
かすかな歌声のなかを
ひびいていたものは

太古の岸辺から流れてくる
いのちの調べか
それとも原始をもとめて
時代をさかのぼろうとする
祈りにも似た願いでもあったろうか

なにもかも
一回かぎりの
わたしという宇宙に
このひとときを解き放つ
——空気をふるわせ
近く　遠く　鐘の音がきこえる

群影

庭に咲くむらさきの丸窓から
いまにもまた
いのちの密室にはいろうとする
いっぴきの蟲が現れる

庭をながめるおまえは
さしずめ縁石のあたりか
水を湛える眼のふちを
花いろに染めていく

だが　もうひとつの不思議
おまえはいったい
人という名のひとりであるのか
蟲のいっぴきなのか
それとも　花という幻か

庭さきにだれひとりいない
現代の暗がりから
日差しは
さんさんと
未来を照らし

苔むす刻《とき》を
花芯に吸わせ

宝暦八年五月*と刻む屋敷神《やしきがみ》は
そこに置き去られたまま
寂《しず》かさばかりが
小さい羽音にひびいている

*一七五八年五月

何かがあって、いま

セスナ機に便乗し
上空三〇〇メートルを飛行した日
窓から下界を見ると
車は高速道路を色とりどりに
マッチ箱がすべっているようだった

戸外に出て手を振っている
母と妻——
閑かに移動する風景に

一瞬の静止
そこからの流れは
わたしの体内時計の
ひとつの指針になっている

涼しい夏の庭先を
アダージョのテンポで
弦楽を奏で
無数に飛び交っている小さな羽虫たち

緑に囲まれた石碑の内部から
風化という
刻の川をさかのぼり
時代の足音が聞こえてくる

樹木も草花もそして虫たちさえ
ただあるがままに
ひとときの生滅を愉しんでいるようだが

じっと耳を澄ませ
目を凝らすと
――そこには何かがあって、いま

何もなかったように

あのときあの場所で
輝いていたものは何だったのだろう

青い海を前に
じっと佇んでいたのは
誰の夢であったのか
それとも
現実という名の幻？

いま
しずかに満ちてくる波の
あいまに見えかくれするのは
海月に姿を似せた
おまえ

ゆっくり　ゆっくりと
おまえはわたしを連れていく
しんとして
どこまでも広い水平線の
空と海との明るむあたりを

ぽっと消したり
光らせたりしながら
現在というわたしの一瞬を

涯しない
宙の彼方まで

ゆっくり
ゆっくりと……

何もなかったように

Ⅱ章　遠くの空——縄文神社

遠くの空——縄文神社

道は
どこへどのように
続いているのだろう
アスファルト道路にさえぎられ
見え隠れしながら
どこまでも
続いていくようだ

K氏は　一枚の版画絵をかざし
目前に広がる風景に

（葛飾北斎はこの場所で　これを描いたんです
とかさねて見せる

伊能忠敬が「日食観測」をした場所も
確かめながら　列についていく
――ひたすら歩く　前へ　前へ

日常の喧騒から離れ
いつしか旅人という
仲間意識に
すっぽりと包まれる自分がいた

初めて加わった
小雨まじりの行列のなか
想いは

明治から江戸
さらに奈良へとさかのぼっていく

するとそこに
現在も受け継がれている
「石棒」を祭る
縄文神社が立ちはだかったのだ

──一万数千年も戦争をしなかったという
縄文の時代
そこへと続いている古の道

遠くの空で
不意に
何かがはじけたような気がした

歴史

コロンところがる
ひとつの魂
庭先の苔生した石灯籠の傍らに
手足をまるめたまま
じっと
動かない

生まれたときには

真新しい光を放ってもいただろう
千年もの
時間の重みに耐えて
すっかりやつれてはいるが

かすかな息づかいだけを
風がはこんでいく

時には
星の降るような晩に
蜉蝣か何かになって
ふっと
とびたつこともあるのだという

先人の刻んだ夢のかけらは

いまだに消えない
いや
みずからは消すこともできずに
そこに放りだされている

夕刻から降りだした
雨のなか
おまえは
樹皮をやぶって萌えたつ
ちいさな痕跡になって
あやふやな
貌を浮かばせる

道 ――「伊那には井月がいる」（詩人中原忍冬の言葉）――

風呂へ入って垢を落とさない
蚤がたかっても苦にしない
乞食《こつじき》と呼ばれ
子どもたちに石を投げられ
ワイワイ　蔑《さげす》まれても
ひょうひょうと風になって歩く

酒と俳句に　日がな一日

身をやつし
放浪に明け暮れる途次

明治十九年十二月
伊那村は
火山峠の乾田で行き倒れ
村人に発見された俳人井上井月《せいげつ》
翌年二月
本名塩原清助として死去した

落栗の座を定めるや窪溜り

井月が死んで五十二年後
昭和十四年五月
ようやくの思いで

井月墓参の念願を果たした
種田山頭火の一句

　　供えるものとては野の木瓜《ぼけ》の二枝三枝

太田窪の小さな墓にも陽は差して
誰かの手で　いまも
供えられているだろうか

——好物の酒と野の花が

祈り

江戸から明治にかけ
放浪の旅をして
中途で息絶え
伊那は美篶《みすず》の
太田窪に眠る井上井月《せいげつ》に
戦時中　独り
強靱な旅を続け
ついに井月墓参を果たし
木瓜の花を献じた種田山頭火

佐久出身の秀才
三石勝五郎

貧しさを背に
おのれを旅の空にたくし
托鉢僧のように
ひたすら歩きつづけた

別々の扉を開け
自らを究めようとした
その足跡を
だれも知ることはない

彼らの祈りは　いまも

耳の奥をかすめ
ひびいてくる
――霊泉が湧き出るように
ふつふつ　ふつふつと

真冬の陽射しのなか
季節はずれの桜が咲き
花びらをかすめ
すっと飛び立つ一羽の蝶

世界は今
稜線を覆う雪影に
ほのかな温もりをしずませ
昏く
長い夜をむかえている

忘却の譜

（一）　深谷

深谷といえば
今回一万円札に刷込まれる
渋沢栄一

レンガ造りの深谷駅は
東京駅を模してつくられた
おしゃれな駅だ

三十名を超える旅の集団
「信州佐久　歴史街道を歩こう会」

駅を遠くに眺め
中山道を
日本橋をめざして
ひたすら歩く

道案内のＫ氏*は
博学多才で道々で解説しながら
いつも先頭に立って歩く
「生き字引」とは
まさにこの人のことをいうのだろう

鹿児島本社の研究生活から

「S化学」深谷工場に赴任した兄

この歳になって　私が
彼ゆかりの地を歩くことになるとは！

台湾の高雄で生まれた兄は
一九四六年春
アメリカのリバティ船に詰め込まれ
家族と引揚げ　大竹港から上陸
わずか四歳で
広島の焼野原に立った

兄は一度も深谷の話はしなかったが
四十三年ぶりに　いま
ようやく

死んだ兄に出逢ったようで
妙になつかしい

中山道という道筋には
時をこえ
古代のロマンが溢れ
新たな自分を発見するよろこびがある

＊K氏　岸本豊　徳島県小松市生まれ広島大学鳴門教育大学大学院卒業後県立高校教諭（地理）を経て現在私設博物館中山道六十九次資料館長　長野県軽井沢町在住

（二）熊谷

炎暑摂氏三六度
熊谷の中山道を歩く

日傘をさす人の横で
ときおり豆っ葉をくぼませ
「パン」とたたく鋭い音

水分を何回もとりながら
声をかけ合って歩いていく

町場を通っていると
パトカーが巡回してきた
何とも怪しげにみえる巡礼集団!
炎天下
次第に言葉も少なくなる

汗もだくだく

架橋コンクリートの下は涼しい
休んでいると
風がそよと吹いてきた

一九四七年九月
カスリーン台風以後に築かれた
高い堤防のコンクリート道を
陽射しに焼かれて歩く

反対の住宅団地にそって
旧荒川堰が
ひっそりと息づいていた

かつて家屋敷が散在し
こんもりとした立木の残る広大な農地

いまの荒川は
この想定遊水地に見え隠れしながら
水をたたえ蛇行している

江戸時代
伊那出身の奉行「伊奈忠勝」が
江戸を敵から守るため
荒川の流れを変えたという
その知恵と勇気と
初めて目にする濃緑が目にしみる

――葦原の百舌鳥《もず》の鋭い鳴き声が
いまも遠くひびいてくる

（三）鴻巣

鴻巣宿は
江戸初期に誕生したという

古道に寄り添う
街並みに
雛人形の館が建っている

「ひなの里」に入ると
整然と居並ぶ人形たちが
いっせいにこちらを見ている

　おまえの厄は
おれたちが引き受けるからな

だれもが災厄にもあわず
すくすく
育ってほしい

雛人形の子どもが
背中にうぶさっていても
おまえは　気づかない

「場末の子」で知られる詩人*はつぶやく

おじいさんは山へ芝刈りに
行かなくなった
おばあさんは川へ洗濯に

行かなくなった……

かすかに聞こえるつぶやきを
車のエンジン音が
かき消していく

願いも祈りも
この街に寄せる期待も
すべて　消え

――真昼の陽射しのなか
列をつくって　歩く　歩く

＊詩人 大木実　第十四詩集『柴の折戸』から。

（四）深田久弥山の文化館

門をくぐると
右側に並び建つ二つの句碑がある

雪嶺に向かひて町を行きつくす　九山
白山を吊り上ぐるかや寒の月　宏

深田久弥と同郷だった作家*は
この地で育ち
小諸・藤村文学賞の選考委員長を
初回から終生務めた人だ

日本海文学賞小説部門の選考委員長として勤しむなか
山の文化館館長として活躍

小諸での表彰式の後
「今日は大聖寺へ行きます」
嬉しそうに
顔をほころばせていた

芭蕉と曾良が別れた山中温泉
「同行二人《どうぎょうににん》」と書いた笠に
四カ月の旅の重さがにじむ
——元禄二年の夏

加賀百万石の支藩だった
大聖寺藩はこの時七万石

北陸の城下町　大聖寺
歴史・文学の地に育つ少年は
やがてこの地から世界にはばたいた

ある日　彼は静かに語った
『おくのほそ道』は
随筆の高みにたつものである　と

月日は百代《はくたい》の過客《くわかく》にして、行きかふ年もまた旅人なり

＊作家 高田宏　小諸・藤村文学賞本選考委員長。筆者は二〇〇七年〜二〇一五年の九年間事務局長として世話になる。記録帳に「二〇一五年十一月二十四日午後五時頃大田区の病院にて逝去83歳」と記す。「九山」は作家深田久弥の俳号で高濱虚子直門下生であった。

（五）蕨宿

歴史民俗資料館と分館
ともに入場無料！
日本でいちばん小さな都
蕨市を歩く

平成の大合併で
どこにも併合せず
都をまもりぬいた胆魂
その勇気と郷土への慈しみ
安易に他に同ぜず
独立独歩の精神がみえてくる

街に刻まれる歴史を守り

新たな芸術をめざす
息づかいがきこえるようだ

K氏の案内の声は
朗々と
街中を貫く中山道を
悠久の
はるか遠いまなざしへ
私たちを導き
誘い入れていく

師の声に耳を澄ませ
新しいことに眼を開く
見知らぬ地に足を

踏み入れる
一歩の
いま、という一瞬
忘却の旅路を
平和への願いにかえて

――日本橋まであと三里半

小窓をゆらし
縄文人の
つぶやくような
安寧の歌がながれている

（六）全昌寺

早朝　門をくぐると
左手を入ったところに
二つの句碑が並んでいる

全昌寺の境内は凍りついたように
口をつぐみ
何ひとつ語ろうとしない

旅人もまた
その場に佇み
沈黙という刻《とき》のすがたに
何かを見ようとするのだが
何ひとつ見せはしない

ふかい歴史の水底から
さらさら　さらさら
湧き上がってくる砂を
掬おうとしても
それは指先から
あえなく流れ落ちるばかり

眩暈にも似たひととき
いつの日か
岩蔭に止まっていた
夏ゼミの
じーん　じーん　じーん
という幽《かす》かな響きを連れ
か細い声が囁きかける

――千年も前から
そこにいたかのように

（おまえは　生きるのだ
（わたしたちも　生きている

旅人は
幻影《まぼろし》になって
　　ちろちろ　ちろちろ
燃え上がり
漂泊者たちの瞳に溶けていく

早朝　古寺に
誰一人いない
開け放たれた門がある

（七）日本橋

東海道・中山道・日光街道・奥州街道
甲州街道いわゆる五街道の起点
――日本橋にたつ

横川からたどってきた
中山道　忘却の旅

仲間に励まされ、援けられ
痛む足をかばいながら
日本橋のシンボルを仰ぐ

K氏の弁舌さわやかに
初めて聞く内容と

視点の確かさには驚くばかり

現代という諸相をものともせず
広範な知識と
経験豊かな営為とから
話す語り口は
通行人の表情さえ変える力がある

頭上を走る首都高速環状線
橋の中ほど
ふと足元を見ると

欄干を背に座禅を組み
黒法衣姿を少し前に屈め
一心に誦経《ずきょう》する托鉢僧がいた

——春風の鉢の子ひとつ
山頭火の鉄鉢《てっぱつ》への想いとは
いったい

若い托鉢僧の修行の響きは
雑踏の孤寂をたどり

K氏の後ろ姿ともかさなり
参加者一人ひとりの
一幅の旅の絵姿として記憶され
消えていくのだろうか

（八）江戸城

本郷の寺から出火し
江戸城をふくむ
江戸の六割が焼失した
明暦の大火

江戸の庶民の生活を
第一に守ろうとした
保科正之

徳川秀忠の実子でありながら
正妻との子でなかったため
高遠城の
保科正光の養子として育ち

やがて高遠城主となる

私は伊那の生まれで
高遠にも親戚があった
父からは
山岸家での幼少期の思い出を
聞いたこともある
実際に三年間を高遠で過ごした
私たち家族には
忘れがたい
格別な縁を今も感じている

秀忠亡き後　家光の弟として
一六四三（寛永二十）年
陸奥国会津若松二十三万石として

移封された正之は
多くの重臣を伴い　高遠を離れる

江戸城天守閣の聳えていた方向を
見ながら
雨降るなか
K氏はなおも力説する
江戸城を復元することをせず
庶民の江戸の街の復興を最優先
やがて世界一の人口にまで
繁栄する都市に押し上げた
正之が
いかに名君であったか
業績の一つひとつを
だれにも分かるように

九回の旅で
累計二六〇名の同行者を得た
中山道研究の第一人者
K氏との出会いは
私の世界観すら変えてしまった

熊二の墓

上野駅から山手線に乗り換え
日暮里南駅側から降りると
左手に「谷中霊園」の木立が見える
園内で有名な桜並木通りに入り
まっすぐ歩いていく
やがて管理事務所を右に見て
正反対方向にしばらく進み

「徳川慶喜の墓」の看板を右手にやり過ごす
木立が残されて立つ手前の角に
「乙8号5」区画はある

夏　はじめて訪れたとき
汗をかきかき人づてに
ようやく探し当てた場所
〈木村熊二　木村鐙子之墓〉

小さな墓地には
雑草が一段と周辺に繁茂し
横に寝かされた西洋式の墓石に
葉影がゆれていた

手を入れずに

荒れるにまかせた形跡に
胸の痛む思いもしていたが

十二月八日の今日
熊二の墓にお参りをすませ
「徳川慶喜」の巨大な墓の前に佇んでいると
いつの間にか現れた作業員が
流暢に説明を始めた

この徳川家の墓は代々
三代将軍家光が開基した東叡山寛永寺で「天台宗」
明治になって国が宗教を「神道」にしたこともあり
死ぬ前に慶喜が
天皇と同じ古墳形式で葬ってほしいと遺言したという

径一・七m高さ〇・七二mの
玉石畳の基盤の上に葺石《ふきいし》円墳状をなす墓
霊園に広大な敷地をもつ権力者の威厳は
大きな木立の下で
子孫の手に守られている
先ほども何人かの若者が
見物に訪れているのを見た

熊二の墓について
作業員の男性に尋ねると
昨年六月頃
「ボード」が立てられていたという
墓地管理料を五年間滞納すると
「期日までに納付しない場合は墓地を撤去する」
という意味らしい

その後だれかが納入したので
墓は撤去を免れ　しばらくだいじょうぶ
と彼は安心したように笑った

徳川慶喜　一九一三年十一月二十二日　七十六歳
木村熊二　一九二七年二月二十八日　八十一歳

どちらも幕末から明治維新へと
国の動乱のなかを一心不乱に駆け抜けた強者たちだ
墓に降りそそぐ光　吹きぬける風は
彼らに　いま
どう沁み渡っているのだろう

アメリカミシガン州の留学先から
派遣牧師になって帰国し

十六歳の島崎藤村に洗礼を施した木村熊二
「小諸義塾」の塾長を十三年務めた熊二を供養し
小諸では毎年「蓮峰忌」が開かれる

熊二の墓再訪

谷中墓地の管理事務所に確かめると
「木村熊二」という名前の墓はないという
（では　とうとう撤去されてしまったのだろうか
一瞬　がっかりし
忘れかけた記憶をたどって
ゆっくり歩き
しばらく
右往左往して

ふと脇をみると
（何だ　ちゃんとあるではないか

「乙8号5」の
二番目に
洋式の寝たかたちの墓石は
ひっそりと佇んでいた

雑木は切り払われ
曇天の合間に
ぽっと射した日差しが
包み込んで
墓碑銘を浮き上がらせる

幕末から明治

さらに大正から昭和初年までの
生涯を物語る
ちいさくもつつましい
凝縮した歴史

小諸義塾開設以前に
我家の先祖「日向与茂治」と知り
家にも泊まる

小諸懐古射院で共に弓を引き
十三年後に
信州を去るその日まで
交友を記した熊二日記

地元龍岡藩の剣術師範代をつとめ

晩年
世界大恐慌が始まった年
あえなく交通事故死した与茂治の想いを
今につなぎとめる

一九二七年二月二十八日　熊二死去　八十三歳
一九二九年十一月二日　与茂治死去　七十六歳

犬吠埼　――平穏な世界への祈り――

燈台の彼方《むこう》
宙《そら》の一辺をきりとって
一文字に
水平線がよぎる

時間《とき》は
はるかにとおく
碧い潮流に
生きる道筋をうかべる

いま　だれが
輸送船のかたちになって
静寂《しじま》という名の静止画に
すべりこもうというのか

不意に
鷗の群れが現れ
二度三度　ゆったりと
痕跡を描いて消えた

ずいぶんと長く
そこにいたように
岩かげに映る愛犬伝説と
太古からの歴史に織り込まれた

命の記憶

岬の突端から
新たなともしびが生まれ
消えた航跡を照らし
のびていく

霧の彼方《むこう》に

真夏の朝
麦藁帽子をかむった男が
霧のなかから現れ　消えていく

黄金の出穂を祈る眼差しで
田圃の水回りをみると
秋に向かって　足早に

ながれる時間

その風景から　いま
あなたは何を紡ごうとしているのだろう

かつては宇宙のはてまで
見通せたはずだった
あのくっきりとかがやく光を追って
眼はうつくしくまばたきもしていた

昨夜来の激しい雷雨のあと
いまは視力もおちて
耳にひびかない鼓動は
いっさい無言という静寂になった

かすかに碧い海の水平線に
指先をゆっくりと差し込むと

あなたは
そこに刺繍でも織るように
ちいさな帆舟を描いてみせる
――舳先に「旅」の名一字を刻んで

海原からの声 ――敗戦後七十年を迎えて

日本という島国が
かつて大東亜共栄圏と銘うって
大陸を侵略し
南方の島々に覇権を領有しようとした時代
「この道しかなかった」
という理由で容赦なくいのちを奪った
戦争という大罪

「日本国憲法」がいうとおり

戦争を放棄したのだから
日本は戦えない国
いや戦ってはいけない国なのだ

「太平洋のスイスにしたい」
というマッカーサーの願いも
日本をスイスに続く
世界の赤十字国家に
と訴えた小林多津江の信念さえ
うしなって
いま「積極的平和主義」という
野望のもとに
ますます軍備を増強し
世界に対峙しようとする

古いアルバムを開くと
黄ばんだ写真の「むこう」に
軍服姿でほほえむ人がたっている

男は輸送船で台湾に送られる途中
敵の潜水艦の魚雷攻撃で
海のもくずと消えた

いまも海原の「むこう」から
つぎつぎに這い上がる
人という亡霊
目にみえない存在の
断末魔のさけびを
あなたは聞いているだろうか

そしていま
その場所から抜け出し
天空を駆けている男よ

宇宙から眺める
この水色の天体は美しいか

わたしたちにとって
地上でくりかえされている
戦争とは
残酷で
醜いものだろうか

目の前で
銃口を突きつけられたとしたら

そのとき
あなたはどうする?

暗雲ただよう
「平和」という一頁に
それでもなお
わたしは
気持ちを新たに
「不戦」という文字を刻む

Ⅲ章　白い花

白い花

縄文の時代に住んだ住居が
だれかの手によって
復元され
湧水の近くに
ひっそりと風雪に耐え
佇んでいる

なにひとつものを言うでもなく
泣くでもなく　笑うでもない

その貌《かお》の奥には
ほんの少しさみしいような
小さな目が
暗がりに
澄んだ光をたたえていた

乾いた萱《かや》の　喉先に
幾重にも雨すじが
染みつき
火をくべたかまどの窪みには
草も生えているが

それは
落葉樹の林に　崩れながら

そのままの姿を
息づかせようとしている

傍らに辛夷《こぶし》の樹が一本
花ひらき

人と人とが支え合った
古代の
豊かな生活に
満面の笑みを浮かべてみせる

いちじくの夢

近代化という名の西洋文化が
津波となって海を渡り
押し寄せてきた

新しい時代を
新しい世界を創るため
旧体制との激しい衝突の揚句
日本人同胞の
大勢のいのちが失われた

「新しい日本の建国」は
決して美しいものではなかった

いちじくの願いは
ひたすら
人の病を癒すことにあったから
人はそれゆえ
いちじくの木を愛で
大切に　たいせつに
育ててきたのだ

気候温暖な
関西から山梨あたりまで
盛んに育てられたというが

田舎の寒い我が家にとって
唯一の稀有な宝物
幕末の先人は
みずからの血の匂いを
内に閉じ込め
ひたすら世界の安穏を祈願し
いちじくに託したのだろう
一幅の夢として

いちじく共和国

——我が家の伝承〈日本無花果*〉の絵から

無花果《いちじく》の実の中枢に
共和国が
できたなら

果汁は
その国の裏側まで浸透し
日本という
古き良き時代の名辞
となって

美しさを
語るだろうか

縄文　一万年の
時間の彼方から飛び立った
しらさぎ色の飛翔体は
青い　あおい
億年のなみだを
その内に湛え
時代の気流に乗ってきて
ちいさなこの島国の地にも
舞いおりるだろうか

赤々と血を噴出し
漂流させる

共和国の底から
いま　ふつふつ
よみがえってくるのは

人間たちが
欲望の誘《いざな》うままに
自然を押しのけ
肥大化させた
富という名の巨大心臓の音
と
ブクブクあわだつ
虚無のつぶやき

＊三七〇年ほど前に中国から伝わったといわれる品種で、日本に定着して長いため「在来種」や「日本いちじく」とも呼ばれる。
＊安政二年に描かれた〈日本無花果〉の絵が我が家に遺されている。

土との対話

サラリーマン人生を終え
「毎日が日曜日」という言葉が現実に――
孤寂な空域に　いきなり
ぽーんと投げ込まれたような気分のなか
三カ月が過ぎた

いまは
家の続きにひろがる二反歩ほどの畑が
自分の仕事場

かれこれ三十年以上も栽培経験をもつスイカ
家業として私に引き継いだ菊づくり
三年前から始めたユーカリだが

日がな一日
向き合っていると
それらを取り囲むように
緑の絨毯よろしく
びっしりと生えてくる雑草の強さ
自然の力を実感する

スベリヒユをはじめハコベやアカザ　スギナ
西洋タンポポなども含めると種類もさまざまだ

栽培する作物の周囲に雑草があると
そこに寄生したアブラムシや
さまざまな害虫が作物にとりついてしまう

雑草退治は初歩的な仕事で
特に菊は一週間に一度を目安に
動力噴霧器を使い消毒をする
殺菌と殺虫
薬効・薬害に注意しながら
薬剤の選別が重要なカギになる

よい作物を栽培するには
作物に適した土壌づくりは必要不可欠で
土中の細菌やウィルスの存在も
無視することはできない

畑に生える雑草の種類で
土地の生産性の高さを示す尺度もあるようだ

近頃はカタツムリを
あまりみかけなくなった代わりに
外来種のマダラコウラナメクジが増えている
家の周りの朽木や石を起すと
どこにも大発生していることがわかる
大きなもので体長が二十センチにもおよぶ
巻貝の一種だから
陸に棲むアメフラシといったところ
ナメクジに寄生する「広東住血線虫」が恐い
好奇心からそれを食べた人が苦しみ
やがて死んだという事実もある

畑は様々な命が生息する
小さな大自然
「雑草」という名辞も
人間が勝手につけたものにちがいないが
雑草はそれぞれ固有の存在として
美しい花を咲かせ
自然のまま生きている
細菌やウィルスも自然の中の生き物であり
ナメクジだって好き好んで
そこに生きているわけではなかろう

地面からふと目をあげれば
大気汚染の問題や
地球温暖化による異常気象が
もたらしている風水害さえ

人間たちがいままでの歴史の中で
招いてきていることなのだ

コロナウィルス・パンデミックに
揺れる人間社会は
変容を余儀なくされている

この先どのように共生の道をさぐるか
ともに生きる方策は発見できるだろうか

――わたしは目の前の土に問いかける

炎の記憶

台風一過
よく晴れた十月の朝
畑の真ん中で菊を燃やす

市場に出荷が終わった後
根だけを残して
二番菊は処理をする

規格外に咲き乱れた

色とりどりの花と茎は
それぞれの個性を強調し
くすぶる炎となり
混合色の煙は
澄み切った蒼空にゆらゆら昇る

立ちあがる煙の先の
淡い時間は
——もっとくっきりと
うつくしく咲きたかった
と
中空にあおくゆれながら
消えていく

空は

やさしくだまって
両の手に
地表からの蟠《わだかま》りをつつみこむ

いのちあるものの生業《なりわい》の
ひとときの営みを
いま
かけがえのない一日に刻むために

冬のうぐいす

一

〈この冬を耐えれば春が来る〉
Ｋ駅では毎日うぐいすを鳴かせている

雪がうっすらと降り積もる
風景をよそに
駅舎に流れるうぐいすの声に
なにか

堪えがたいものが湧く

遠来の旅行客ならまだしも
毎日この駅を使うものには
もはや
スピーカーからくり返し流される
苦痛という名の
信号音にすぎない

以前はジーゼルエンジンをかけ
室内を暖める列車が待機し
車内に乗り込めたが――
節約の必要からだろうか
「東北方式」にダイヤ改正とやらで
列車が入って来るまで

外で待つようになった

駅舎の暗いベンチに
次の列車を待って
長時間震える老人もいたが……

季節とは
――冬は　きっぱりと冬
陽気がすこしずつ暖かくなって
ようやくめぐってくる春

やがて時がくれば
すべるように静寂をくすぐる
やさしいひびきが
駅舎のまわりに戻ってくるだろうか

二

中国伝来の「梅にうぐいす」とは
うぐいすには梅の花こそ似つかわしい
という意味にとれるが
実はうぐいす色をした「めじろ」が正体
うぐいすは
もっとくすんで地味だ

里に降りてきたうぐいすは
警戒心がつよく
木の陰に隠れるように
忘れかけた瞬間
不意に鳴いてみたりする

Ｋ駅のうぐいすは
暑かろうが寒かろうが
ただひたすら鳴きつづける
スーパーうぐいす

昨年の春先から夏
秋を過ぎ
やがて晦日・新年へと
寒い冬の日も
一度も休むことなく
日がな一日鳴きとおした

だれがいつ　どうやって
どこで声を操っているのだろう

明治時代から商業で栄えた街
鉄道の駅舎は
それでも良かれと
今日も
うぐいすの擬声をひびかせる

街路樹の影に

空間の仕切り窓をやぶって
おまえは
いきなり落ちて
そこに転がっていた

厳寒の季節は遠のき
街路樹の
だれもが通う道ばたに
うずくまっている

おまえ

鈴懸の樹芯から
にじませる
苦い漆黒の涙は
人間たちの嗜好の影に
訴えようとする力さえ
失ってしまった

太古の時代から
息づいてきたとすれば
おまえは
いのちの極限をしめす
みずみずしい
貌を映してもいただろう

――確かなまっとうな姿を

この先
いずれは消える
おまえ

ぎらぎらと
熱砂をちらす太陽
無辺に
大きな手が
不完全な影をとかしている

ユーカリの憂愁

袋からさらっとあけると
黒い小さな顔たちが
白い紙のうえに
思い思いに身をよせあって
並んでいる

ピンセットの先に
蚤みたいな粒をつまんで
育苗箱の枡に一粒ずつ蒔いていく

一般の専用培土に
馴染めないのでは……
気候のちがうこの土地で
はたして　芽吹くだろうか

だが　心配をよそに　十数日後には
緑のちいさな双葉が
競うように頭をもたげてきた

——二か月後　ようやく芽吹いた
百二十ほどのユーカリだったが
度重なる　熱暑のなかで
見事に枯れ
生き残ったのは　わずか二十数本

鉢に移されたおまえたちの瞳は
風に吹かれても
どことなく
暗く
愁いに満ちている

ユーカリプタス*

寒波到来で
今朝も
地面がザクザクと
凍てついたままの畑

秋から冬にかけ
葉を変色させたおまえだが
敷き藁を根元に挟み
そこから樹幹は

蒼天に枝枝を拡げ
すっくと佇《た》っている

オーストラリア　タスマニア島が原産の
おまえ
中国では「桜树《あんじゅ》」
世界で五百種類ともいわれ
加えて変種が三百から五百
コアラは
毒性が弱い新芽のみ
四十種類ほどを食べる

おまえが保有するテルペン油は
さわやかな香りを放ち
市場では好まれている

栽培に失敗を重ね
三年目にして
おまえの顔が
ほんの少しみえるようになった

オーストラリア先住民アボリジニは
傷を治すのに葉をつかい
鎮痛　鎮静作用を生活に生かした
だが　精油の内服による致死例もあり
吸入は喘息患者の気管支炎を悪化させるらしい
コアラがいつも眠っているようにみえるのは
体内で解毒作用をしているからだ

先年オーストラリアで
気温が上昇し自然発火し
何日も燃え続けた　森林火災
ようやく鎮火した水ぎわで
コアラが涙を流しながら
水を飲んでいたというニュース

大火災の後
おまえは樹皮や葉は燃やし尽しても
深くのばした根は水を吸い上げ
焼け焦げた肌から
ブツブツと小さく　緑の声を発し
やがてまた　時を経て
七十メートルを超える大木に成長するのだろう

――厳寒の地にやってきて
おまえは　ひと冬　生き残れるだろうか
新たに芽吹く命は
春から夏にかけ
どんな空を映じてくれるのか

＊ユーカリプタス　eu・kalyptós 属名ギリシャ語をラテン語化したもので英語ではEucalyptus。乾燥地でもよく育ち、大地を緑で被うことに由来する。日本では俗にユーカリと呼ぶ。長野県内では、北限ともいわれる佐久地方でも近年、活花やドライフラワー、リースなどの活用を見込んで都会への出荷用植物として栽培される常緑樹。

ヒト・ウィルス

夕暮れは
きょうもあいまいな空に
一日を仕舞い込んで消えた
夜中に
誰かが亡くなったらしい
くりかえされる
生と死の日々に

見えない影は忍び入る

億年のむかしから
いのちと共存してきたというウィルスと
宿主にすぎないヒトとが
子孫を残すために変異する

ヒトは　経済成長に
過密化の波を生み
相も変らず
自然破壊を推し進める

宇宙の彼方からみれば
何じゃ　ほら
ほんのひとつまみの一頁を

地球に巣食うウィルス
ヒト　ヒト　ヒト

友よ

いま　世界を二分する裂け目から
愛の花を開こうとするものは
誰か　いないか

Ⅳ章　希望の光

希望の光

一九四六年三月の終わり
父と母は子どもたち四人を連れ
台湾の高雄から
アメリカ海軍のリバティー船に乗り込み
大竹港に上陸した
私という名もない生命《いのち》は
母の胎内に宿され
原爆投下七ヶ月後の焼跡にいた
――「ヒロシマ」という究極の断末魔

多くの家族は戦争の悲惨さと
戦争から解放された喜びを
ひそかに噛みしめたことだろう

家族は帰省し
私が生まれた一ヶ月後
十一月三日日本国憲法が公布され
翌年五月三日から施行された

何もかも初めからという気持ちで
その日の生活を乗り越えようと
ともに扶けあう
強く前向きな意志と力が働いていた

明治以来の教育勅語の理念は廃棄され

スパルタ教育から人権教育へ
新たな自由社会をつくる営為がなされてきた

かつてアジアの国々を侵略し
三一〇万人という犠牲者を出した戦争

国家権力の横暴を認めない「第九条」は
戦争の犠牲者や
肉親を失い家族を失った人たち
未来に生きる子どもたちが
平和をもとめ願う
希望の光

いまこそ原点にかえって
この魂のかがやきを

全世界に高く高くかざすとき

大竹港にて

戦時中
台湾で生活した十年余り
一九四六年三月末に
家族六人が
アメリカの貨物船で上陸した大竹港

二〇一四年三月二十六日
わたしは娘と二人
雨に煙る岸辺に立っていた

当時　周囲には何もなかった
とタクシーの運転手はぽつんと言った
今は工場地帯のはずれに
港はあり
安芸の宮島が海上にかすんで
どっしりと
こちらを見据えている

母の胎内に宿された
わたしといういのちが
船にはげしく揺られ
辛うじてたどりついた埠頭
雨まじりの颪は
言葉にならない懐かしさのようなものを運び

波はしずかに揺れるばかり

沖に停泊し
ＤＤＴ散布の検疫後
ぞくぞくと上陸する人たち
すっかり色あせ
黄色くなった映像が
ゆっくりと流れはじめ
敗戦という惨劇を刻みつける

まちがいなく
そこに
わたしもいたのだ

いまは亡き父と母

家族の伝言として
想いは遠く
台湾へとつながっていく

白い記憶

八十歳を迎えようとするとき
父は地元の「医師会報」にと
自分の歩んだ道を
体験談を交え
口伝で私に書き記させた
戦時中に父が書いた
ガリ板刷りの戦時記録を
初めて目にしたのも
その時だった

父はどこに記憶を仕舞っていたのだろう
淀みなく正確に
日時まで入れて淡々と語り
私はそれを書き取っていく
母が時には顔をのぞかせ
口を挟んだりもしたが

昭和九年
父は予備役として台湾に渡る
中国での激戦から救出され
一度は帰国して後の応召だ
衛生兵から医師になった父の元へ
母は単身嫁いで行った
それから十年

広島と長崎への原爆投下
そして惨めな敗戦を迎える

しばらくは中国人を相手に
医療に携わっていた父だが
いよいよ帰国というとき
財産は没収され
米一升とわずかな持参金に
まだ幼い兄姉四人を連れ
引き揚げ者満載の貨物船に
父母はようやく乗船した

海は荒れ
苦しむ船酔いも
昭和二十一年三月三十一日

広島湾沖に一晩停泊しておさまる
ＤＤＴ散布後
大竹港から上陸する

原爆投下から八ヶ月後の広島
広大な焼跡の一隅で
母は米を炊いた

「白いご飯の味は忘れない」
と語る老いた父の顔
国のために
一命を捧げんとした
一人の医師は
戦争の悲惨さと
生命への畏敬とが

気持ちの中で交錯し
思わず複雑な笑顔を浮かべる

敗戦の味を噛みしめた家族
その時私は
母の胎内に宿され
臍の緒を通し
広島を感じていた
見えない目
聞こえない耳
動かない体のまま
わずかに心音だけを響かせ

生前父が低い口調で
（戦争だけは……）

と呟いた言葉は
かつて若いころに訪れた
原爆ドームの記憶と重なって
六十歳を過ぎた私に
いま　鮮明に蘇るのだ

家族の履歴

昭和九年　台湾総督府警察官となり
渡台した父は
高雄州巡査として潮州郡ライ社に勤務する
　治安維持と農業指導（畜産・アワ・サツマイモの栽培）
　公医診療所専任医師の代替として診療に携わる
　教育所の生徒（パイワン族）の教育
　道路の補修工事にもあたる
昭和十二年　母が日本から一人渡台し父と結婚
昭和十四年一月　長兄出生

昭和十五年　父に召集令状が届く
台南州南陸軍病院外科病棟の衛生兵長として入隊する
この年の十月に次兄出生
昭和十七年十月　父は台湾医師試験に合格
この年の十一月召集解除により
休暇をとって母とともに
二人の子どもを連れて帰国
昭和十八年一月　家族は再び渡台する
――父は三十歳　母が二十六歳だった
六月　父は高雄州巡査を退職し
総督府より台湾公医を任じられる
十二月　三兄出生
昭和十九年七月　父は高雄州屛東市に近い
サンテイモン社の公医診療所に転任し
十一月　姉出生

昭和二十年八月十五日　大東亜戦争敗戦を知る
台湾在留邦人は　軍隊を含め約五十万人
十月から五カ月間　父は屏東郡高樹庄加納埔で
開業医として中国人の診療にあたる
昭和二十一年三月　引揚げ命令により屏東市に集結し
高雄港からアメリカの貨物船（五千トン級）に乗船する
乗員総数三千名
三月三十一日　家族は広島県大竹港に入港し
その後　原爆投下で廃墟と化した広島に出る

光と水と緑のなかに

地上六百メートルでさく裂した熱火球
一瞬に焼野原となったヒロシマ
失われた街と多くのいのち
——原爆ドームの前に佇み

六十八年前に台湾から引き揚げ
大竹港から上陸した
家族の軌跡をたどる

焼け跡に棲む人から鍋を借り

台湾から持ってきた白米を炊き
おにぎりにして
みんなに食べさせたという母

原爆投下後七カ月
核爆発の被害に苦しむ人々の傍らを
母の胎内に宿っていたわたしは
家族六人と
郷里へはこばれていったが

生まれたときは
手足ばかりが長く
ギロギロに痩せていたと聞く

食べるものが不足し

山野草はもちろん
草の根まで採取した日々の生活が
わたしをはぐくんだのだ

いま　敗戦という重みと
貧しい日々の記憶を

わたしは確かめ
わたしは見ている

光と水と緑のなかに
生まれでる
さまざまないのちのつながり
そのどれもが大切で
決して欠けてはならないことを

入道雲

じりじりと
熱線に
肌をこがそうとしていた
河原の記憶

空を見あげると　いまも
黄金の円環と黒い影が
点滅をし
まぶたに焼きついたまま

背中は特に
赤く腫れたようになって
風呂桶の湯が
ひりひり　しみる

薄皮をめくるように
時おり風も撫でるが
大人たちは
子どももどうしも
何一つ口をはさまなかった

（暑ければ水をかければよい

流れる川の淵に

居場所を見つけ
ひとつの「行《ぎょう》」でもするかのように
仲間と腹ばいになる

天日干しの甲羅には
物心ついたその日から
擦り込んできた
光の痕が残っている
——敗戦という時代の歪みのなかを

入道雲のむこう
一瞬　とびあがって跳ねる
原爆ミサイルの魚影

明滅する光の彼方に

台湾に正対する王国に
江戸という日本を
ぶつけること自体が
間違いだったのだろうか

海に透ける
絶海に浮かぶ孤島を
いま
現在の

闘いの姿にしたのは
誰

本土の人間を
「ヤマトンチュー」
といわなければいけない
状況を生んだのは
誰

祖先の血を
営営と語り継ぐ
島人のくらしを
権力という暴虐で
踏みにじるものは
誰

新聞の文化欄に掲載された
横顔の写真
一枚

日焼けし
皺のみ目立つ
あなたは
〈いよいよ日本政府との対決ですね〉
と記事を書いた作家に語っている

沖縄

一度は訪ねて
語り部の口から話す言葉に
じかに触れてみたい

わたしの遺伝子は
確実に
いまこそ
そう伝えてくる

あおい光

うずたかく降り積もる雪を
上から切って
雪掻きで掬おうとしたとき
そのふかい切れ目に
一瞬　あおい光が透けた

海の描く潮流とも違い
空を映すどんな川の色よりも
原初的な

雪に結晶した水の本性

いちど目にしたら
忘れ得ぬほどの
やさしさと新鮮さを湛え
無垢な瞳の奥に
神々しいほどの威厳を保ったまま
寒い土地の生活と
寡黙な日常を見据えている

部屋の中には
まだ言葉もおぼつかない
幼児がひとり
窓ぎわに座り
指をしゃぶりながら

外ではたらく母親に笑みを返す
出産時　母の胎盤に透ける
体液の色と同じという
この不思議なあおい光は
遠くアルプスの雪渓の亀裂にも浮かぶだろうか

お正月

米寿人《びと》（八十八歳）いわく
　ひとむかし前は
還暦（六十歳）といえば　男は退職し
——さあて　次は第二の人生を
　悠々自適に暮らそうではないか……
とこの時ばかりを目標に
身を粉にして働いていたようだったが

曾孫の女の子が口をはさみ

現在はなぜ
古稀（七十歳）を迎えたじいちゃんが
若い人たちにまじって働くの？

喜寿人（七十七歳）応《こた》えていわく
のんびりと時間がつかえればいいけれど
世の中　動きがあまりにはやいので
カツオのように口をあけたまま
ただ忙しい忙しいと
流れにのせてもらってるのが幸せ
古稀人はコキツカワレテ　アタリマエなのさ！

すると卒寿人（九十歳）いわく
傘寿人（八十歳）がわしの年齢に追いつき
年を越しついでに

よっ　おめでっとさん！
と元気よく啖呵を切って
そのままあの世へ行っちまっても不思議じゃない
十年ひとむかしってよく言うだろ？

寝正月を迎えた白寿人（九十九歳）ぽつりといわく
――わしゃあ　いつ逝ってもいいだで
けど　せっかくだから
あともうちょっと……
まっしろな餅もくいてえもんだし

すると陽射しの向こうから
百寿人（百歳）応えていわく
歩いてきた道さ
　もう一度もどるつもりで

ゆっくり　ゆうっくりと
お好きなように
オモシロ・オカシク
歩いておいで
――わしは大還暦（百二十歳）が目標さ

神棚の上から
お供え餅が
クスリと笑ったようだ

解説

「未来につなぐ／かすかな希望」を「黒曜の瞳」で見いだす人
――酒井力詩集『黒曜の瞳』に寄せて

鈴木　比佐雄

1

長野県佐久市に暮らす酒井力氏の十冊目の詩集『黒曜の瞳』（四十一篇）が刊行された。四章に分かれ、Ⅰ章「黒曜の瞳」（十二篇）、Ⅱ章「遠くの空――縄文神社」（十篇）、Ⅲ章「白い花」（十篇）、Ⅳ章「希望の光」（九篇）から成り立っている。

酒井氏の新詩集『黒曜の瞳』には、自らの詩作で追い求めてきた「縄文の世界」が、内的なしなやかなリズム感に伴って、確かなイメージと思念を宿した詩篇群として結実されている。

Ⅰ章「黒曜の瞳」（十二篇）の初めの詩は「小さな村」だ。この詩は酒井氏の生きる原点の在りかを知らせてくれる。初めの二連を引用する。

思いはいつもかえっていった
山深く眠る村里へ

古い墓も風化した
人の住まない山里に

酒井氏はなぜか「思いはいつもかえっていった」と言う。かえっていく時空間は「山深く眠る村里」であり、「古い墓も風化した／人の住まない山里」である。かつて存在した悠久の時空間から存在してきた、どうしようもなく心魅かれていく太古の原郷に帰郷するかのような感動をしなやかなリズム感で伝えている。酒井氏の詩的言語は、楽曲にもなるかのような分かりやすい言葉に根源的な意味を託そうとしているからだと思われる。たぶん酒井氏が長年小学校教諭として、子供たちの教育現場でシンプルな言葉で語り合うことの重要性を実践してきたからだろう。そんな「小さな村」は次のような季節感を今も残しているのだろう。三連目以降を引用する。

春は
木々の芽や山菜　花々が

ほこほこ　陽だまりに群れ

夏は
日陰に浸み出る冷水に
寂《しず》かな地中の声を聴き

秋は
夕陽に羽を光らせて翔《と》ぶ
アキアカネ

冬には
すっぽり　雪に閉ざされ
何がどうあるのか判らない

夢はいつも

そこで生まれ
そこから旅立っていく

三連目の「夏は／日陰に浸み出る冷水に／寂《しず》かな地中の声を聴き」が詩集『黒曜の瞳』の原点につながる「イメージと思念」を予感させている。日陰の湧き出る清水から「地中の声」に聴き入ってしまう想像力が酒井氏の詩行には存在している。そして七連目の「夢はいつも／そこで生まれ／そこから旅立っていく」という悠久の時空間に遡りつつ、さらに反転して新たな夢を創り出す未知の時間を促す詩行が生まれてきたのだろう。八連目からの後半部分を引用したい。

原始の時代を
さかのぼり
やがて
源流から問いかけてくる

現代という名の墓場に
捨てることの意味を糺《ただ》すため

夢は
山深く眠る村里の
ひとこまを光らせる

未来につなぐ
かすかな希望に向けて

思いはいつもかえっていった
今は何もない山里の
小さな村へ

八連目の「原始の時代を／さかのぼり／やがて／源流から問いかけてくる」では、酒井氏の思考の在りかを端的に物語っている。心魅かれる「原始の時代」とは何かと問い掛けて、イメージを思いめぐらすことで、逆に「源流から問いかけてくる」のだろう。そこで痛切に「現代という名の墓場に／捨てることの意味を糺《ただ》すため」と、一挙に現代文明の「捨てることの意味」を自らに突き付けてくる。そして本来的な生き方とは何か、本来的な文明の在り方とは何かを自らに問い掛けるのだ。この詩「小さな村」とは、地球資源や数多の生き物たちを消費して繁栄を謳歌している、現代文明の在り方の持続が不可能だと告げている。持続可能な文化・文明とは何かと考える際に、「寂《しず》かな地中の声を聴き」と言った古代の知恵が有効だと考えている。酒井氏の「小さな村」は、実は酒井氏だけのものではなく、多くの他者の中にもある「未来につなぐ／かすかな希望」であるだろう。その「今は何もない山里の／小さな村」に宿している本来的な時空間の在りかを、「黒曜の瞳」を手掛かりに多くの人びとと共有したいがために、酒井氏はこの詩集をまとめたのだろう。

2

酒井氏の暮らす長野県では、霧ヶ峰周辺（和田峠、星糞峠黒曜石原産地遺跡）で縄文時代から良質な黒曜石が発掘されて、日本や朝鮮半島にも伝わっていたことが明らかにされている。

黒曜石は流紋岩質のマグマが急激に冷却されるとできるらしいが、学名の「オブシディアン」は「オブシウス」という人物が発見したので名づけられたそうだ。しかし名付けられる以前から黒曜石を発掘し使用された歴史は古く、約三万五千年前の後期旧石器時代の遺跡からも発見されている。使用目的は祭祀用の刃物、鏃《やじり》、装飾品、宝飾品など多様であったが、現在でもメスや剃刀にも一部は使用されている。黒曜石は金属器が流通する前には、貴重な資源だったのだろう。私はかつて詩人の宗左近氏の市川縄文塾に所属していて、二〇〇〇年代の初めの頃に宗氏から参加者たちに棒状の丸みを帯びた黒曜石を手渡されて、握り締めたことがあった。きっと多くの人びとに握られて丸みを帯びるようになったのだろう。宗氏が自分たちの先祖である縄文人が抱いていた愛の宗教などを感じて欲しいと言われたことを記憶している。酒井氏にも宗氏と同じような縄文人の愛の精神性が存在しているように考えられる。酒井氏のⅠ章の二番目の詩集タイトルにもなった詩「黒曜の瞳」の最後の三連を引用する。

黒曜石の断層をくぐって
草むらから湧きでる
いのちの水

その瞳は
冷たく私の喉を潤し

一万年とも一万二千年ともいう
時代の似姿となって
いまも確かに
生きつづけている

蛇紋岩質のマグマから黒曜石になるためには多くの水が必要だったのだろう。酒井氏は現在も「黒曜石の断層をくぐって」湧き出てくる湧水を「いのちの水」と命名する。そんな「黒曜石の断層」と「いのちの水」との豊かな関係を見つめることを「黒曜の瞳」と名付けたのかも知れない。その「一万年とも一万二千年ともいう／時代の似姿」は、酒井氏の今につながる縄文人の精神性を感受することの切実さを受け取ることができる詩行だ。

Ⅰ章三篇目の「タイムスリップ」の最後の四連もまた、縄文人の暮らしを身近にさせる。

はたしてその夜
中東の戦場では
また大勢の人々の「いのち」が散華《さんげ》した

ある日試掘を手伝い掘っていると
まばたきの瞬間
手元から何かが落ちた
ほろりと足元に転がり出る
「石斧」のひとつ

いきなり眠りから覚めて
それは掌《てのひら》に乗り
だまって息をしている

地表から四、五十センチ下の地層に
今から四千年前に息づいていた
縄文人たちの
とおい　あおく澄んだ原始の瞳が
現在という今をみつめる

酒井氏は中東での終わることのない戦争での武器使用で失われた多くの命を惜しんで心を痛めていた。ある日、縄文遺跡周辺の試掘の手伝いで、「地表から四、五十センチ下の地層に／今から四千年前に息づいていた」と、「石斧」を発見して掌に乗せたのだ。その際に「石斧」をどのように感じたかを記してはいないが、「あおく澄んだ原始の瞳が／現在という今をみつめる」とのことであり、きっと「石斧」によって、木を伐採したり、木の実などを加工・調理したり、暮らしの様々な道具になっていたことを想像したのだろう。縄文人は黒曜石だけでなく、様々な石や鉱石を利用して生きていたことを自らの足下の大地の中に実感したのだろう。

3

Ⅰ章のその他の詩篇においても酒井氏は原郷に遡る志向性を試みて、この世界に生きる存在者たちと、何か懐かしくも本来的な対話を交わしている。

例えば「みずいろの宙」では、「源へとさかのぼる／川のながれをききながら／つぶやくだろうか」と、「母さんの命」を体内に感ずるのだ。

詩「花」では、「おまえをいまに生かそうとする／先人たちのあつい眼差しがみえる」と、「遥か億年の涯《はて》」へとつながるのだ。

詩「岩」では、「億年の歴史を秘め／空のはてをみつめているようだ」と、「そそりたつ岩」の眼差しの息づかいを感じてしまう。

詩「積乱雲（一）」では、「雲にも一瞬の貌《かお》があって／少年の頃の自分に／表情が映し出されるなら」と、少年の「明日への思い」を想起する。

詩「積乱雲（二）」では、「あの時　ヒロちゃんに助けられたいのちを／いまも生きている」と、助けてくれた友人の存在に感謝し続けている。

詩「八月の空」では、「太古の岸辺から流れてくる／いのちの調べか」と、「わたしという宇宙」に「いのちの調べ」を響かせている。

詩「群影」では、「宝暦八年五月と刻む屋敷神《やしきがみ》は／そこに置き去られたまま」と、「いっぴきの蟲」に「屋敷神」の来訪を感じているようだ。

詩「何かがあって、いま」では、「樹木も草花もそして虫たちさえ／ただあるがままに／ひとときの生滅を愉しんでいるようだが」と、有限な存在者たちの「ひとときの生滅」を讃美している。

詩「何もなかったように」では、「あのときあの場所で／輝いていたものは何だったのだろう」と、「涯しない／宙の彼方まで」連れていく何かを感じている。

このように酒井氏の詩作の特徴は、「黒曜の瞳」からの観点で、この世界を重層的に眺めて、この世界を本来的に立ち還らせるために、目に見えない何かをしなやかな言葉で掬い上げていると考えられる。

4

私たちが時に鎮守の杜がある神社や沖縄の御嶽《うたき》などにおまいりする時に不思議な霊的なものを感ずるのは、数多の先祖たちの霊が祀られてある厳粛な場所であることを直観するからだろうか。その先祖の中には弥生人以前の縄文人も、その地域で生きた数多の人びとも入るだろう。

縄文遺跡の近くには数多くの神社があるとも言われている。その場所は湧水も多く、霊山と言われる山々も望むことができる。

Ⅱ章「遠くの空――縄文神社」（十篇）では、酒井氏が縄文神社などの古代から近現代の歴史的な痕跡がある中山道などを「信州佐久　歴史街道を歩こう会」の会員たちと歩きながら、見聞した風景の中に人びとが生きた歴史を読み取っていく詩篇が収録されている。初めの詩「遠くの空――縄文神社」の後半の四連を引用する。

初めて加わった
小雨まじりの行列のなか
想いは
明治から江戸
さらに奈良へとさかのぼっていく

するとそこに
現在も受け継がれている

「石棒」を祭る
縄文神社が立ちはだかったのだ

――一万数千年も戦争をしなかったという
縄文の時代
そこへと続いている古の道

遠くの空で
不意に
何かがはじけたような気がした

サブタイトルの縄文神社とは、近年になって「神社と縄文遺跡が重なる場所」と言われ、神社巡りの若い人びとにも「一万年級の聖地」であり「祈りの場所」（パワースポット）だと注目されてきたようだ。長野県では「諏訪大社、小野神社、矢彦神社、池生神社」などだが関東地方は特に数多く存在している。縄文のビーナスと言われる「土偶」とは女性の象徴だが、一方では「石棒」とは男根を擬したものであり、子孫繁栄や豊穣の象徴であり、縄文神社に建っていたり奉納されていたりすることもある。最終連の「遠くの空で／不意に／何かがはじけたような気がした」とは、酒井氏が身近な神社が実は縄文神社であることを知って、自らの中に眠っていた縄文の精神が、「遠くの空」のように遠かったものが実は内面に存在していて、不可解なものの謎が弾けたように理解されたことを記したのだろう。酒井氏は私たちの身近な神社の中に縄文神社を見出し、縄文の精神を発見して欲しいと願っているのだろう。

その他の九篇の詩「歴史」、「道 ――「伊那には井月がいる」（詩人中原忍冬の言葉）――」、「祈り」、「忘却の譜（一）〜（八）」、「熊二の墓」、「熊二の墓再訪」、「犬吠埼 ――平穏な世界への祈り――」、「霧の彼方《むこう》に」、「海原からの声 ――敗戦後七十年を迎えて」もまた、長野の縄文遺跡や「小さな村」に立脚しながらも、群馬、埼玉、東京を歩きながら、自らの接点を切り口にして叙事詩として記されている。

Ⅲ章「白い花」（十篇）の初めの詩「白い花」は、縄文時代の住居が復元されて水辺に建てられ、中には縄文人の「火をくべたかまどの窪み」からその暮らしぶりを思い描くのだ。住居の庭に咲く辛夷の「白い花」が縄文人の暮らしを包み込んでいるとも感じている。

その他の詩篇は、環境破壊をしてきた果てにウイルスによって復讐されている人類が、自然といかに共生すべきかを実践的に考えている。例えば酒井氏は定年退職後に二反歩の畑で、「わたしは目の前の土に問いかける」と、薬害に配慮しながら土作りから始めて作物や花々を育てていることを記している。

Ⅳ章「希望の光」（九篇）は、酒井氏の家族史的な叙事詩篇だが、大戦に翻弄された父母の世代の思いを受け止めて、平和と反戦の思いが貫かれている。最後に初めの詩「希望の光」を全行引用したい。

一九四六年三月の終わり／父と母は子どもたち四人を連れ／台湾の高雄から／アメリカ海軍のリバティー船に乗り込み／大竹港に上陸した／私という名もない生命《いのち》は／母の胎内に宿され／原爆投下七ヶ月後の焼跡にいた／――「ヒロシマ」という究極の断末魔／多くの家族は戦争の悲惨さと／戦争から解放された喜びを／ひそかに嚙みしめたことだろう／／家族は帰省し／私が生まれた一ヶ月後／十一月三日日本国憲法が公布され／翌年五月三日から施行された／／何もかも初めからという気持ちで／その日の生活を乗り越えようと／ともに扶けあう／強く前向きな意志と力が働いていた／／明治以来の教育勅語の理念は廃

棄され／スパルタ教育から人権教育へ／新たな自由社会をつくる営為がなされてきた／／かつてアジアの国々を侵略し／三一〇万人という犠牲者を出した戦争／／国家権力の横暴を認めない「第九条」は／戦争の犠牲者や／肉親を失い家族を失った人たち／未来に生きる子どもたちが／平和をもとめ願う／希望の光／／いまこそ原点にかえって／この魂のかがやきを／全世界に高く高くかざすとき

酒井氏の父は台湾で医師をしていたが、一九四六年三月の終わりに広島県の大竹港に引き上げてきた。酒井氏はその年の十月に生まれたが、その一月後の十一月三日に日本国憲法が公布された。その意味で酒井氏にとって日本国憲法は血を分けた兄弟のような親近感を懐いてきたことが理解できる。大日本帝国が大和朝廷の中央集権的な強権性を発揮し、天皇の名の下で国民を戦争に駆り立てて、三一〇万人もの国民の命を喪失させてしまいアジアを始め世界の人びとに多大な被害を与えた。そのことへの反省を込めて、酒井氏は「第九条」が「戦争の犠牲者」や「家族を失った人たち」にとって「希望の光」だと言う。この「希望の光」である平和の精神こそが、酒井氏にとっては縄文人の精神性とつながり、その精神性はきっと普遍的で未来を切り拓く精神性だと考えているようだ。このような「黒曜の瞳」を懐いて記されてきた詩集を平和な世界を創り上げようと考える人びとに読んで欲しいと願っている。

あとがき

過日、旧和田村の男女倉《おめぐら》地籍からさらに数キロ、「星糞峠」（鷹山）方面に移動し、〈黒耀石体験ミュージアム〉を初めて訪れた。この日は、「星くそ館」のみだったが、黒曜（耀）石三万年の歴史をたどり、なぜか万感の思いがあふれた。詩集『黒曜の瞳』の「曜」の字は、地元の長野県では、「耀」という漢字を用いるのが通例で、私も例外ではないが、本詩集では、世界でも広く一般的な「曜」の字を使用することにした。

私は若い頃に詩人宗左近の作品に衝撃を受け、東京詩話会ほかで何回か、実際に本人と話す機会を得た。氏の作品や縄文芸術に寄せる強い想いや願いと並行して、私の主宰する個人誌「佐久文学火映」に二〇一一年から十年間、詩とエッセイを寄稿された詩人原子修氏の〈縄文時代の生き方そのものを人類の未来目標にすえようとする考え方〉に強い共感を覚えたことは確かである。

佐久に住んで二十九年目となるが、集中の「小さな村」は、私の出身地伊那の山村が詩作のモチーフになり、どうにもならない遠い郷愁のようなものがいまだにしずかに渦巻いている。

この歳になり、旅仲間と歩いた中山道の途次、不意に目の前に現れた縄文神社の参拝は、そこに遠い縄文の時代の祈りを感じ、新たな視点を発見する要因になったともいえるだろう。

詩集に収録した作品群は、敗戦の翌年、生を得た私自身のいわば宿命ともいえる家族のルーツや、以前発行した詩集からの再録を含め、私自身の詩業のまとめとするもので、こういう詩集があってもよいと私は考えている。

板画家森獏郎氏には、詩集の表紙にと板画《ばんが》を何通りも彫っていただき、私からのたっての願いを叶えてくださったことにふかく感謝申し上げる。

終わりに、長い間、良き理解者として私の詩業を支え、本詩集をまとめてくださったコールサック社の鈴木比佐雄代表を初めスタッフの皆様に深甚なる謝意を表したい。

二〇二四年五月　　寓居にて　　酒井　力

酒井　力（さかい　つとむ）

略　歴

一九四六年　長野県生まれ。
一九七八年　『霧笛』（伊那文学社）
一九八二年　『望郷』（伊那文学社）
一九八六年　『白い陰影』（伊那文学社）
一九九〇年　『虚無の空城』（甲陽書房）／伊那ペンクラブ賞受賞
一九九七年　『水の天体』私家版（聖光房美術印刷所）／第10回長野県詩人賞受賞
二〇〇一年　『藻の詩想』（沖積舎）
二〇〇七年　『白い記憶』（コールサック社）
二〇一三年　新・日本現代詩文庫107「酒井力詩集」（土曜美術社出版販売）
二〇一五年　『光と水と緑のなかに』（コールサック社）
二〇二四年　『黒曜の瞳』（コールサック社）

所　属
詩誌「伊那文学」「詩祭司」「蘇芳」「岩礁」を経て「コールサック」（石炭袋）会員、
　文芸誌「佐久文学火映」主宰
日本ペンクラブ会員、日本現代詩人会会員、日本詩人クラブ会員、長野県詩人協会
　会員
現住所　〒三八四 - 〇六二一　長野県佐久市入澤六一四 - 一　日向方
　　　　　　　　　　　　　　tutomu_sakai@yahoo.co.jp

石炭袋

詩集　黒曜の瞳

2024年6月30日初版発行
著　者　　　　酒井　力
編集・発行者　鈴木比佐雄
発行所　株式会社 コールサック社
〒173-0004　東京都板橋区板橋 2-63-4-209
電話 03-5944-3258　FAX 03-5944-3238
suzuki@coal-sack.com　http://www.coal-sack.com
郵便振替　00180-4-741802
印刷管理　（株）コールサック社　制作部

装幀　松本菜央　　題字　森獏郎

落丁本・乱丁本はお取り替えいたします。
ISBN978-4-86435-617-6　C0092　￥2000E